13 avril 189[illegible]

VENTE

Après Décès de M. PAUL RATTIER

MÉDAILLES

MINIATURES ET TABLEAUX

OBJETS D'ART

HOMO
NATVRÆ
IMPRIMERIE DE L'ART

CATALOGUE

DES

OBJETS D'ART

ET DE CURIOSITÉ

MONNAIES ANTIQUES

MÉDAILLES DE LA RENAISSANCE

ET DU XVIIe SIÈCLE

MINIATURES ET TABLEAUX

Bas-reliefs des Della Robbia

ARMES, BRONZES DU XVIe SIÈCLE, PORCELAINES DU JAPON

COUTEAUX EN PORCELAINES TENDRES ET DE SAXE

Meubles

Dépendant de la Succession de

M. PAUL RATTIER

ET DONT LA VENTE, PAR SUITE DE SON DÉCÈS, AURA LIEU

HOTEL DROUOT, SALLE N° 2

Les Lundi 13 et Mardi 14 Avril 1891

A DEUX HEURES

COMMISSAIRE-PRISEUR

Me PAUL CHEVALLIER

10, rue de la Grange-Batelière, 10

EXPERTS

Pour les Médailles :	*Pour les Objets d'art :*	*Pour les Tableaux :*
MM. ROLLIN et FEUARDENT	**M. CHARLES MANNHEIM**	**M. B. LASQUIN**
4, rue de Louvois, 4	7, rue Saint-Georges, 7	12, rue Laffitte, 12

EXPOSITION

Le Dimanche 12 Avril 1891, de 1 heure à 5 heures 1/2

CONDITIONS DE LA VENTE

Elle sera faite *expressément* au comptant.

Les Acquéreurs payeront CINQ POUR CENT en sus des adjudications, applicables aux frais de la vente.

L'Exposition mettant les acquéreurs à même de se rendre compte de l'état et de la nature des objets, il ne sera admis aucune réclamation une fois l'adjudication prononcée.

Paris. — Imp. de l'Art. E. MÉNARD et Cie, 41, rue de la Victoire.

Désignation des Objets

MÉDAILLES GRECQUES

ITALIE

Thurium.

1 — Tête de Pallas à droite, avec le monstre Scylla sur le casque. ℞ ΘΟΥΡΙΩΝ. Taureau cornupète à droite. A l'exergue, un poisson. Très beau style.

Didrachme. Argent 5. TB.

SICILE

Syracuse.

2 — ΣΥΡΑΚΟΣΙΟΝ. Tête de Proserpine à gauche, avec un filet retenant les cheveux; elle porte des boucles d'oreilles et un collier. Derrière : ΕΥΑ? ℞ Hercule, à genoux, à droite, étouffant le lion de Némée.

Pièce très rare et d'un très beau style.

Or 4. TB.

3 — Tête laurée d'Apollon à gauche. ℞ ΣΥΡΑΚΟΣΙΩΝ. Figure dans un bige, à droite; dessous, triquetra.

Or 1. TB.

4 — ΣΥΡΑΚΟΣΙΩΝ. Buste lauré de Jupiter à droite; derrière, foudre. ℞ Pégase à droite; dessous, ΣΩ.

Or 2. TB.

5 — ΖΕΥΣΕΛΕΥ. Buste lauré de Jupiter à gauche. ℞ ΣΥΡΑΚΟΣΙΩΝ. Pégase à gauche; devant, ⳩.

Or 2. TB.

6 — ΣΥΡΑΚΟΣΙΩΝ. Tête d'Aréthuse, entre quatre dauphins; à l'exergue : ΕΥΑΙΝΕ. ℞ Quadrige, couronné par la Victoire. Exergue : armes, casque, jambières, cuirasse et bouclier.

Ce célèbre médaillon d'Évainète est un des plus beaux connus; les amateurs remarqueront certainement la belle conservation du droit et du revers, ce qu'il est très rare de rencontrer; ces deux conditions exceptionnelles semblant généralement s'exclure.

Argent 10. TB.

Agathocles, roi de Sicile.

7 — ΚΟΡΑΣ. Tête de Cérès à droite, cou-

ronnée d'épis. ℞ Victoire érigeant un trophée; dans le champ : AI et triquètre. A l'exergue : AΓAΘOKA...

Pièce d'un beau style.

Tétradrachme. Argent [7]. TB.

MACÉDOINE

Acanthus.

8 — Lion dévorant un taureau. Au-dessus, ΔΙΙ, initiales d'un nom de magistrat; au-dessous, grappe de raisin. ℞ AKANΘΙΟΝ. Carré creux macédonien.

Style exceptionnel.

Tétradrachme. Argent [7]. TB.

Alexandre le Grand.

9 — Tête casquée de Pallas, à droite; le casque orné d'un serpent. ℞ AΛΕΞΑΝΔΡΟΥ. Victoire à gauche. Dans le champ, deux monogrammes dans des cercles.

Statère. Or [4]. TB.

Pyrrhus, roi d'Épire.

10 — Tête casquée de Mars à gauche; le casque orné d'un griffon. Dessous : Ω. ℞ ΠΥΡΡΟΥ.

Thétis sur un hippocampe, tenant un bouclier.

Pièce rare, d'un beau style.

Argent ^{7}. TB.

11 — Tête de Cérès couronnée d'épis; derrière, un foudre. ℞ ΒΑΣΙΛΕΩΣ ΠΥΡΡΟΥ. Pallas combattant; dans le champ, un foudre et Σ.

Didrachme. Argent ^{5}. TB.

MYSIE

Lampsaque.

12 — Tête de Mercure coiffée d'un pétase, à gauche. ℞ Partie antérieure d'un cheval ailé. Pièce d'un très beau style.

Statère. Or ^{4}. TB.

IONIE

Éphèse.

13 — Tête de Diane, à droite. ℞ ΣΩΠΥΡΙΟΝ (nom de magistrat). Partie antérieure d'un cerf. Dans le champ, une abeille et les lettres Ε - Φ.

Didrachme. Argent ^{6}. TB.

SYRIE

Antiochus VI.

14 — Tête radiée et diadémée du roi, à droite. ℞ ΒΑΣΙΛΕΩΣ · ΑΝΤΙΟΧΟΥ ΕΠΙΦΑΝΟΥC · ΔΙΟΝΥΣΟΥ. Les Dioscures à cheval; dans le champ ΤΡΥ (tryphon) ΘΞΡ ΣΤΑ, et en monogramme ΑΠ. Le tout dans une couronne de laurier.

Tétradrachme. Argent[8]. TB.

Panorme ou Carthage.

15 — Tête de Cérès couronnée d'épis, entourée de quatre dauphins. ℞ Tête de cheval à gauche. Derrière, un palmier; à l'exergue : légende punique.

Tétradrachme. Argent[7]. TB.

Cyrénaïque.

16 — ΚΥΡΑΝΑΙΩΝ. Victoire dans un quadrige, à droite. ℞ ΠΟΛΙΑΝΘΕΥΣ. Jupiter debout, à gauche, sacrifiant devant un autel.

Statère. Or[4]. TB.

CAMÉES

17 — Tête de jeune femme à droite, d'un profil très pur; les cheveux, relevés en un bandeau et noués derrière la tête, forment deux boucles qui tombent sur le cou; coiffure que l'on retrouve sur les médailles du premier siècle de notre ère; dans le champ : signature en creux : ΔΑΔΙΩΝΟ? Camée d'un beau style, légèrement ébréché. Onyx à deux couches, blanc mat sur fond brun transparent. Monture formée par deux serpents émaillés.

Forme ovale. 30 millim. sur 22 millim.

18 — Tête de jeune femme de profil, coiffure de l'époque de Faustine jeune. Bel onyx à trois couches; la figure et le cou blanc, les cheveux et la draperie, d'un beau brun transparent; le fond, de la même couleur, plus foncée. Monture émaillée.

Forme ovale. 25 millim. sur 18 millim.

19 — Tête casquée de Minerve de profil à droite. Onyx à trois couches, de trois gris différents. Monture émaillée.

Ovale. 30 millim. sur 15 millim.

20 — Tête d'homme de profil à gauche. Onyx à deux couches, la figure blanc mat, le fond blanc transparent. Monture émaillée.

Ovale. 30 millim. sur 15 millim.

21 — Neptune debout à gauche, sur un char traîné par trois chevaux marins. Onyx à deux couches, blanc mat sur blanc transparent. Joli camée de la Renaissance. Monture émaillée.

Ovale. 35 millim. sur 23 millim.

22 — Cléopâtre de profil à droite, vue à mi-corps et tenant un serpent. Onyx à trois couches, les chairs roses, les draperies blanc mat, le fond transparent. Style de la fin de la Renaissance.

Ovale. 15 millim. sur 10 millim.

23 — Même sujet tourné à droite, d'un meilleur style. Camée de la même époque; onyx à deux couches, blanc mat sur blanc transparent; une partie du fond manque. Monture émaillée.

Ovale. 15 millim. sur 10 millim.

BRONZES ANTIQUES

24 — Vase à parfums : tête de jeune femme ; les cheveux, tressés, sont retenus par une bandelette et réunis en un chignon, qui est mobile et sert de couvercle ; elle porte des boucles d'oreilles et un collier. Le style admirable de ce vase le distingue de tous les objets analogues. Il est monté sur une colonne en porphyre.

Hauteur du vase, 125 millim.

25 — Applique. C'est un disque auquel est fixé un anneau mobile qui entoure un buste de jeune femme, la tête couronnée de pampres. Ce buste est de trois quarts en haut-relief, et d'un excellent style. Patine noire.

Diam., 115 millim.

26 — Anse de vase. Voici la description qu'en donne M. Fillon dans la *Gazette des Beaux-Arts*, 1878, p. 105 : « Des premiers temps de l'Empire est l'anse de vase de notre collection, où se voit la Gaule assise dans l'attitude de la douleur, tandis que ses fils se préparent à défendre leur dernière place

forte; derrière elle deux guerriers, le corps couvert des braies nationales, semblent déjà vaincus; traitée avec une grande largeur de style, cette pièce capitale se recommande par son intérêt historique; on sait combien sont rares les monuments où sont figurées des scènes de la conquête des Gaules.

« Celui-ci nous paraît contemporain des sculptures de l'arc d'Orange, qui offre des détails à peu près identiques. »

Dans cette description n'est pas mentionné un personnage à mi-corps placé derrière la femme assise, qui emporte une sorte de fardeau ainsi que des boucliers et des armes incrustés d'argent, qui occupent les parties restées libres. Il serait difficile de trouver une ornementation plus riche et d'un plus bel effet; les personnages sont bien dessinés et bien finis. Ce bronze n'a pas de patine, mais il est indubitablement antique.

Depuis l'époque où nous donnions la description de cet objet, il a été le sujet d'un intéressant article par M. A. Blanchet (*Revue archéologique*, juin 1890); nous y renvoyons les lecteurs, qui y trouveront de judicieuses réflexions et trois belles planches en phototypie.

Longueur de l'anse, 140 millim.; haut., 100 millim.

MÉDAILLES

DES XVᵉ ET XVIᵉ SIÈCLES

ITALIE

Gonzague (Cécile de)

1424 — 1451

27 — CICILIA · VIRGO · FILIA · IOHANNIS FRANCISCI · PRIMI · MARCHIONIS · MANTVE. Buste à gauche, les cheveux relevés et retenus avec un ruban. ℞ OPVS · PISANI · PICTORIS M · CCCC · XLVII. Jeune fille à gauche, assise sur un rocher, la main appuyée sur la tête d'une licorne, couchée à ses pieds; dans le fond, un cippe sur lequel est l'inscription; dans le ciel, un croissant. Bronze.

Pisanello. (Armand, *les Médailleurs italiens*, nº 12.)

Diam., 86 millim.

Malatesta (Sigismond-Pandolphe, seigneur de Rimini.)

1432 — 1468

28 — SIGISMVNDVS · DE · MALATESTIS ARI-

MINI · ET · ROMANE · ECCLESIE · CAPITANEVS · GENERALIS. Buste, tête nue, en armure, à droite. ℞ OPVS · PISANI · PICTORIS. Malatesta en armure sur un cheval caparaçonné, marchant à gauche; dans le fond, deux tours; sur celle de droite, les armes des Malatesta; sur celle de gauche, la date : M · CCCC · XLV. Bronze.

Pisanello. (Armand, n° 14.)

Très bel exemplaire de la meilleure pièce de Pisanello.

Diam., 112 millim.

Malatesta Novello, seigneur de Césène.
1418 — 1465

29 — MALATESTA · NOVELLVS · CESENAE · DOMINVS · DVX · EQVITVM · PRAESTANS. Buste à gauche, tête nue. ℞ OPVS · PISANI · PICTORIS. Malatesta, en armure, est agenouillé devant un crucifix dont il embrasse les pieds; à gauche, son cheval, vu par derrière, est attaché à un arbre mort; à droite, un arbrisseau, dépouillé de ses feuilles, sort d'un rocher. Bronze.

Pisanello. (Armand, n° 16.)

Diam., 83 millim. TB.

Visconti (Philippe-Marie, duc de Milan).
1412 — 1447

30 — PHILIPPVS · MARIA · ANGLVS · DVX · MEDIOLANI · ET · CETERA · PAPIE · ANGLERIEQVE · COMES AC GENVE · DOMINVS. Buste à droite de Philippe-Marie, la tête couverte d'un bonnet. ℟ OPVS PISANI · PICTORIS. A gauche, le duc à cheval, revêtu d'une armure complète, ayant pour cimier les armes des Visconti, la *Guivre*; à droite, un écuyer à cheval ; au centre, un chevalier tenant une lance et, dans le fond, derrière des montagnes, le haut des monuments de Milan. Bronze.
Pisanello. (Armand, n° 23.)

Diam., 101 millim. B.

Pisanello (V. Pisano, dit).

31 — PISANVS · PICTOR Buste à gauche, couvert d'un bonnet élevé. ℟ F · S · K · I · P · F · T · dans une couronne. Fides, Spes, Karitas, Justitia, Prudentia, Fortitudo, Temperantia. Bronze.
Pisanello. (Armand, n° 25.)

Diam., 55 millim. TB.

Malatesta (Sigismond-Pandolphe I).

1432 — 1468

32 — SIGISMUNDVS · PANDVLFVS · DE · MALATESTIS · S · RO · ECLESIE · C · GENERALIS. Buste à gauche, tête nue; cuirassé. ℞ CASTELLVM SISMONDVM ARIMINENSE · M · CCCC · XLVI. Le château de Rimini. Bronze.

Matteo de Pasti. (Armand, n° 8.)

Diam., 83 millim. TB.

Malatesta (Sigismond-Pandolphe.)

1432 — 1468

33 — SIGISMVNDVS · PANDVLFVS · MALATESTA · PAN · F. Buste à gauche, tête nue; cuirassé. ℞ CASTELLVM · SISMVNDVM · ARIMINENSE · M · CCCC · XLVI. Le château de Rimini. Bronze.

Matteo de Pasti. (Armand, n° 12.)

Diam., 79 millim. B.

Isotte de Rimini

(Femme de Sigismond-Pandolphe Malatesta.)

1456 — 1470

34 — D · ISOTTAE · ARIMINENSI. Buste à

droite, la tête couverte d'une coiffe. ℟ M · CCCC · XLVI. Éléphant marchant à droite. Bronze.

Matteo de Pasti. (Armand, n° 19.)

Diam., 84 millim. TB.

Isotte de Rimini.

1456 — 1470

35 — ISOTE · ARIMINENSI · FORMA · ET · VIRTVTE · ITALIE · DECORI. Buste à droite d'Isotte, la tête couverte d'une coiffe. ℟ OPVS · MATHEI · DE PASTIS · V · M · CCCC · ·XLVI, Éléphant marchant à droite.

Matteo de Pasti. (Armand, n° 20.)

Diam., 83 millim.

Isotte de Rimini.

1456 — 1470

36 — D·ISSOTAE·ARIMINENSI·M·CCCC·LVI. Même buste. ℟ ELEGIAE; un livre fermé.

Matteo de Pasti. (Armand, n° 24.)

Diam., 42 millim.

Colleone (Bartolommeo), général des troupes vénitiennes.

1400 — 1475

37 — BARTHOL CAPUT · LEONIS · MAG·CVE · SE. Buste cuirassé, à gauche, de Colleone, coiffé d'un mortier. ℞ IVSTIZIA · ET · AUGVSTA·BENIGNITAS ·PVBLICA. Un homme nu, barbu, assis sur une cuirasse. montre de la main droite un fil à plomb passé dans un anneau, et tient de la main gauche l'extrémité supérieure de ce fil. Dans le champ, en trois lignes : OPVS M(arci) GVIDIZANI.

Épreuve en plomb.

Guidizani. (Armand. n° 1.)

Diam., 86 millim. B.

Constance Sforza, seigneur de Pesaro.

1448 — 1483

38 — CONSTANTIVS · SFORTIA · DE · ARAGONIA · DI · ALEXAN ·SFOR·FIL · PISAVRENS · PRINCEPS · AETATIS · AN · XXVII. Buste à gauche; cheveux épais et bouclés; cuirassé. ℞ INEXPVGNABILE · CASTELLVM · CONSTANTIVM · PISAVRENSE · SALVTI · PVBLICAE · MCCCCLXXV. Le château fort de

Pesaro. Dessous, la signature : IO·FR·PARMEN. Bronze.

Enzola, dit Gian-Francesco Parmense. (Armand, n° 9.)

Diam., 82 millim. TB.

Cristoforo Moro, doge de Venise.

1462 — 1471

39 — CRISTOFORVS·MAVRO·DVX. Buste de vieillard, avec la robe longue et la corne ducale. Dessous : ANT. ℞ RELIGIONIS ET IVSTICIAE CVLTOR. Bronze.

Ant. Signature d'un médailleur, vers 1465. (Armand, n° 1.)

Diam., 41 millim. TB.

Jean Bentivoglio.

1443 — 1509

40 — IO·BENT·II·HANIB·FILIVS·EQVES·AC·COMES·PATRIAE·PRINCEPS·AC·LIBERTATIS·COLVMEN. Buste, coiffé d'une toque; cheveux longs; armure. ℞ OPVS·SPERANDEI. Jean Bentivoglio, armé, le bâton de commandement à la main, sur un cheval richement caparaçonné, marchant à

gauche ; derrière lui, un cavalier portant une lance. Bronze.

Sperandio. (Armand, n° 6.)

Diam., 96 millim. B.

Carlo Grati, noble bolonais.

41 — CAROLVS·GRATVS·MILES·ET·COMES·BONONIENSIS, Buste à gauche, cuirassé et coiffé d'un bonnet. ℞ RECORDATVS·MISERICORDIAE·SVAE. Carlo Grati, descendu de cheval, agenouillé au pied d'une croix ; devant sa bouche, le mot SALVE. Derrière lui, un écuyer à cheval, casqué et cuirassé. Dessous : OPVS · SPERANDEI. Bronze.

Sperandio. (Armand, n° 24.)

Diam., 106 millim. TB.

Mahomet II, empereur ottoman.

1443 — 1481

42 — MAVMHET · ASIE · TRAPESVNZIS · MAGNEQVE · GRETIE · IMPERAT. Buste à gauche de Mahomet II, coiffé d'un turban, portant un collier avec croissants autour du cou. ℞ Char triomphal traîné par deux chevaux au galop conduits par un guerrier casqué portant un trophée. Sur le

haut du char, personnage avec manteau flottant, tenant sur sa main gauche une Victoire. Derrière, trois captives entourées d'un lien sont désignées comme provinces conquises par les noms suivants : GRETIE · TRAPESVNTV · ASIE. Dessous, entre deux figures couchées : OPVS · BERTOLDI : FLO-RENTIN · SCVLTORIS. Bronze.

Bertoldo di Giovanni. (Armand, nº 1.)

Diam., 94 millim. TB.

Julia Astallia.

43 — DIVA · IVLIA · ASTALLIA. Buste de jeune fille à gauche, avec un corsage lacé montant. ℞ EXEMPLVM · VNICVM FOR · ET PVD. ℞ Le phénix renaissant sur un bûcher. Bronze.

Bartolo Talpa. (Armand, nº 3.)

Diam., 63 millim. B.

Jeanne Albiza-Tornaboni,

femme de Laurent de Tornaboni.

Mariée en 1486.

44 — IOHANNA · ALBIZA · VXOR · LAVREN-TII · DE · TORNABONIS. Buste à droite, les cheveux tombant en boucles sur la

joue. ℞ CASTITAS-PVLCHRITVDO-AMOR. Le groupe des trois Grâces. Bronze.
Niccolo fiorentino. (Armand, nº 20.)

Diam., 78 millim. TB.

Philibert II, duc de Savoie.

1480 — 1504,

et sa femme **Marguerite d'Autriche**,

1480 — 1530

45 — PHILIBERTHVS · DVX · SABAVDIE · VIII · MARGVA · MAXI · CAE · AUG · FI · D · SA. Bustes en regard de Philibert et de Marguerite ; en dessous la palissade. Le champ est semé de marguerites et de lacs d'amours. ℞ GLORIA · IN · ALTISSIMIS · DEO · ET · IN · TERRA · PAX · HOMINIBVS · BVRGVS. Écusson mi-parti aux armes du duc de Savoie et à celles de Marguerite d'Autriche. Dans le champ, deux marguerites et trois lacs d'amour et la devise : FERT. Bronze doré.
Jean Marende. (Armand, nº 1.)

Diam., 103 millim. TB.

Jean de Médicis, dit Giovanni des bandes noires.
1498 — 1526

46 — IOANNES · MEDICES · DVX · FORTISS · MDXXII. Buste de Jean de Médicis, tête nue, cheveux courts ; couvert d'une armure. Dessous : FRANC · SANGALLIVS · FACIEB · ℞ NIHIL · HOC · FORTIVS. Foudre muni de deux paires d'ailes. Bronze.
Francesco Sangallo. (Armand, n° 2.)

Diam., 93 millim. B.

Léon X, pape.
1513 — 1521

47 — LEO · X · P — MAX. Buste, vêtu du camail, la tête couverte d'une calotte. ℞ GLORIA · ET · HONORE · CORONASTI · EV · DE. Écusson de la famille des Médicis, surmonté de la tiare et des deux clefs. Bronze.
Sangallo. (Armand, n° 10.)

Diam., 75 millim.

Hippolyte de Gonzague.
1535 — 1563

48 — HIPPOLYTA · GONZAGA · FERDINANDI · FIL · AN · XVI. ΛΕΩΝ · ΑΡΗΤΙΝΟΣ sous la

fin de la première légende. Buste à gauche, avec collier et parures de perles dans les cheveux. ℞ PAR · VBIQ · POTESTAS. Diane avec ses chiens dans un paysage ; derrière elle, l'entrée des Enfers. Bronze.

Leone Leoni. (Armand, n° 7.)

Diam., 67 millim. TB.

André Doria, amiral génois.

1466 — 1550

49 — ANDREAS · DORIA · P · P. Buste avec une longue barbe, cuirassé ; derrière, un trident ; dessous, un dauphin. ℞ Galère munie de ses rameurs portant un drapeau avec double aigle. Bronze.

Leone Leoni. (Armand, n° 8.)

Diam., 40 millim. TB.

François de Médicis.

grand-duc de Toscane.

1574 — 1587

50 — FRANCISCVS · MEDICES · F · PRINCEP. Buste armé, à droite, tête nue. Sous le buste : 1560. P. ℞ uni. Étain.

Pastorino. (Armand, n° 82.)

Diam., 67 millim. B.

Hieronima Sacrata, de Ferrare.

51 — HIERONIMA · SACRATA · M · D · LV. Buste, tête nue, à mi-taille, à droite. Dessous : P. Sans revers, percé de deux trous. Bronze doré.

Pastorino. (Armand, n° 108.)

Diam., 70 millim. B.

Philippe II, roi d'Espagne, et **Anne d'Autriche.**
1556 — 1598

52 — PHILIPPVS · HISPANIAR · ET · NOVI · ORBIS · OCCIDVI · REX. Buste, tête nue, barbu, cuirassé. ℟ · ANNA · AVSTRIACA · PHILIPPI CATHOL. Buste, tête nue, avec les cheveux relevés par devant et pris dans une résille ornée de perles ; corsage montant à collet droit. Vermeil.

Gian Paolo Poggini. (Armand, n° 13.)

Diam., 40 millim. TB.

Hippolyte de Gonzague, femme d'Antonio Caraffa.
1535 — 1563

53 — HIPPOLYTA · GONZAGA · FERDINANDI · FIL · AN · XVII. Buste, avec cheveux tressés et collier double ; drapé à l'antique ; dessous : IAC · TREZ · ℟ VIRTVTIS · FORMÆQ

PRAEVIA. L'Aurore dans un char au-dessus d'un paysage, elle tient un flambeau et répand des fleurs sur la terre. Bronze.
Jacque Trezzo. (Armand, n° 1.)

Diam., 64 millim. B.

Philippe II, roi d'Espagne.
1556 — 1598

54 — PHILIPPVS · REX · PRINC · HISP · ÆT · S. AN · XXVIII. Buste, tête nue, armé à mi-corps, avec une écharpe. Dessous : IAC · TREZZO · F. 1555. ℞ IAM · ILLVSTRABIT · OMNIA. Au-dessus de la mer et des roches qui la surplombent, Phœbus dans son char allant à droite. Bronze.
Jacque Trezzo. (Armand, n° 2.)

Diam., 67 millim. B.

Marie Tudor, reine d'Angleterre.
1553 — 1558

55 — MARIA · I · REG · ANGL · FRANC · ET · HIB · FIDEI · DEFENSATRIX. Buste à gauche de Marie Tudor, avec une robe de brocart et une coiffe ornée de perles. Dessous : IAC · TREZ. ℞ CECIS · VISVS · TIMIDIS · QVIES. La Paix assise sur un trône, tenant des palmes et

une torche qui lui sert à incendier un monceau d'armes. Bronze,

Jacque Trezzo. (Armand, n° 3.)

Diam., 67 millim. B.

Marie d'Autriche, femme de Maximilien II.
1528 — 1603

56 — MARIA · IMPER : MDL XXV. Buste, les cheveux relevés avec une coiffe, col droit à fraise et grand manteau. Au-dessus de la date : AN : AB : sans revers. Bronze.

Ant. Abondio. (Armand, n° 5.)

Diam., 57 millim. B.

Julie Pratonero.

57 — IVLIAE · PRATONER. Buste à droite de Julie Pratonero, la tête couverte d'un casque, vêtue d'une draperie à plis nombreux; la main gauche est posée sur le sein droit et le bras droit s'appuie sur une console.

Simon Pallante. (Armand, n° 3.)

Diam., 67 millim. B.

Le Christ et Saint Paul.

58 — IHS · XPC : SALVATOR · MVNDI. Buste nimbé du Christ, à gauche. ℟ PAVLVS ·

APOSTOLVS — VAS · ELECTIONIS. Buste nimbé de saint Paul, à droite. Bronze.

Anonyme. (Armand, t. II, p. 7, nos 1 et 4.)

Diam., 80 millim. TB.

Héraclius, empereur d'Orient.

610 — 641

59 — ΒΑϹΙ · ΚΑΙ · ΑVΤΟ · ΡѠ · ΝΙΚΙΤΗϹ · ΚΑΙ · ΑΘΛΟΘΕΤΗϹ · ΑΕΙ · ΑVΓȢϹΤΟϹ · ΗΡΑΚΛΕΙΟϹ · ΕΝ · ΧѠΤѠΘѠ · ΠΙϹΤΟΟ. Buste de l'empereur couronné sur un croissant, et éclairé par des rayons lumineux. Derrière la tête : ΑΠΟΛΙΝΙϹ ; devant : ILLVMINA · VVLTVM TVVM DEII. Sur le croissant : SVPER · TENEBRAS · NOSTRAS · MILITABOR · IN · GENTIBVS. SVPER · ASPIDEM · ET · BAXILISCVM · AMBVLAVIT · ET · CONCVLCAVIT · LEONEM · ET · DRACONEM. L'empereur assis dans un char attelé de trois chevaux. Dans le champ, légende grecque, qui se termine par : ΑΓΙΑΝ · ΒΑϹΙ · ΗΡΑΚΛΕ. Argent.

Anonyme. (Armand, t. II, p. 8, n° 6.)

Diam., 100 millim. TB.

Lucrèce Borgia, duchesse de Ferrare.

1480 — 1520

60 — LVCRETIA · ESTEN · BORGIA · DVCISSA.

Buste à gauche de Lucrèce, les cheveux enveloppés derrière la tête par une résille et réunis en une longue torsade tombant sur les épaules. Son front est orné d'un diadème de pierres précieuses noué par-dessus la résille. Sans revers. Bronze.

Anonyme. (Armand, t. II, p. 90, n° 3.)

Diam., 59 millim. TB.

L'Arétin.

1492 — 1557

61 — DIVVS · PETRVS · ARETINVS. Buste à gauche, la tête nue, avec une longue barbe. ℞ VERITAS · ODIVM · PARIT. La Vérité, nue, sortant d'un puits; à ses pieds, un démon; derrière elle, une figure ailée qui la couronne. Bronze.

Anonyme. (Armand, t. II, p. 153, n° 11.)

Diam., 59 millim. B.

Catherine Sandella et Hadria Sandella,

l'une maîtresse, l'autre fille de l'Arétin.

1537 — . . .

62 — CATERINA · MATER. Buste à droite de Sandella, tête nue, avec une natte de cheveux formant couronne. ℞ HADRIA · DIVI ·

PETRI · ARETINI · FILIA. Buste à gauche d'Hadria, tête nue, avec chignon formé d'une natte roulée.

Anonyme. (Armand, t. II, p. 154, n° 13.)

Diam., 46 millim. TB.

Charles-Quint, roi d'Espagne, etc.

1500 — 1558

63 — IMPERATOR · CAESAR · CAROLVS · V · AVG · HISP · REX. Buste barbu, couvert d'une draperie, un chaperon sur la tête. Bronze.

Anonyme. (Armand, t. II, p. 181, n° 7.)

Diam., 50 millim. B.

Laure de Gonzague-Trivulce.

1525 — 1549

64 — LAVRA · GONZ · TRIVL. Buste de femme, à droite, coiffée d'un voile tombant sur les épaules. ℟ SEMPER · ILLAESA. Fleuve accoudé et couché au milieu d'un paysage. MINCIO. Bronze.

Anonyme. (Armand, t. II, p. 206, n° 14.)

Diam., 47 millim.

Hippolyte de Gonzague,
femme d'Antonio Caraffa.
1535 — 1563

65 — HIPPOLITA · GONZAGA · FERDINANDI · FIL · ÆT · AN · XV. Tête nue, avec natte enroulée; chemisette montante; collier double. ℞ NEC · TEMPVS · NEC · AETAS. Femme drapée, au milieu d'instruments de musique et de science. Bronze.

Anonyme. (Armand, t. II, p. 213, n° 3.)

Diam., 63 millim. B.

Louise-Félicie Rossi.

66 — LUDOVICA · FELICINA · RVBEA. Buste, à gauche, les cheveux frisés et coiffés en tresses mêlées de joyaux et de rubans. Sous le buste : 1557 et P. Sans revers. Bronze.

(Armand, t. II, p. 296, n° 8.)

Diam., 64 millim. TB.

Marie-Madeleine, archiduchesse d'Autriche.

67 — MARIA · MAG · D · ARCHID · AVSTR · MAG · DVX · ETR. Buste, coiffé d'un grand bonnet. Dessous : GASP. ℞ AETHERA. Paon volant au-dessus d'un paysage. Argent.

Gaspard.

Diam., 43 millim. B.

Jules Odescalqui, neveu du pape Innocent XI.

68 — IVLIVS · ODESCALCVS · INNO · XI · NEP. Buste, cheveux tombant sur les épaules. Dessous : la Louve allaitant Rémus et Romulus, et la signature HAMERANI. ℞ DVX· CERE. Paysage. Au premier plan, femme tenant un sceptre, sommeillant, appuyée sur une colonne. A sa droite, des armes et un drapeau portant : A · R · X · CERE. A gauche, un bûcher flamboyant. Aux pieds de la figure, un bouclier avec SECVRITAS. Bronze argenté.

Diam., 42 millim.

MÉDAILLES FRANÇAISES

Louis XII et Anne de Bretagne.

69 — FELICE · LVDOVICO · REGNANTE · DVODECIMO · CESARE · ALTERO · GAVDET . OMNIS · NACIO. Dans un champ semé de fleurs de lis, le buste du roi coiffé d'un mortier, orné d'une couronne de lis, et portant le collier de Saint-Michel ; à l'exergue, un lion. ℞ LVGDVN · RE · PV-

BLICA · GAVDETE · BIS · ANNA · REGNANTE · SIC · FVI · CONFLATA, 1499. Buste à gauche d'Anne de Bretagne, coiffé d'un voile sur lequel est posée la couronne royale. Champ semé de fleurs de lis à gauche, d'hermines à droite; à l'exergue, un lion. Bronze.

(*Trésor de numismatique et de glyptique. Médailles françaises*, pl. V, n° 1.)

Diam., 111 millim. B.

Henri IV.

70 — HENRICVS · QVARTVS · D · G · FRANCO · ET · NAVA · 1595. Buste lauré avec une armure ornée d'une tête de lion sur l'épaule. ℞ VIRTVTI · ET · FELICITATI HENRICI IIII. Femme nue tenant une corne d'abondance et une lance surmontée d'une cuirasse et d'un casque. A ses pieds un carquois, des armes, piques, flèches, arc, trompettes et un drapeau sur lequel est écrit : S. A. C. R. Vermeil.

Anonyme. Inédit.

Diam., 69 millim. B.

Louis XIII et Marie de Médicis.

465 B.N. 71 — Buste de Louis XIII, cuirassé et entouré

d'une écharpe; il porte un casque lauré, orné d'un panache. ℞ Marie de Médicis sous les traits de Minerve, les cheveux tressés, casquée et cuirassée. Médaillon ovale. Bronze, formé de deux plaques.

Inédit.

Ovale. 60 millim. sur 48 millim. TB.

Louis XIII.

72 — LVDOVICUS · XIII · D · G · FRANCOR · ET · NAV · REX · FVNDAVIT · AN · MDCXXVII. Monument surmonté d'une croix. ℞ PRO · SCEPTRIS · ARAS · DAT · TELLVS · ET · DEVS · ASTRA. Buste à mi-corps de saint Louis, radié et tenant un sceptre. Le monument représente la façade de l'église Saint-Paul et Saint-Louis, rue Saint-Antoine. Bronze.

Anonyme. (*Méd., fr.*, pl. XXXVI, n° 3.)

Diam., 60 millim. TB.

Jean, cardinal de Lorraine.

73 — IO CAR LOTHORINGIÆ. Buste à droite du cardinal de Lorraine. ℞ SIC · ITUR · AD · ASTRA. La Vérité marchant à droite: à ses pieds un dragon. Bronze.

Anonyme. (*Méd. fr.*, pl. XLIV, n° 2.)

Diam., 52 millim. TB.

Henri, comte d'Harcourt.

74 — HENRI · DE · LORRAINE · COMTE · DE · HARCOVRT · GRAND · ESCVIER · DE · FR. Buste cuirassé avec le cordon du Saint-Esprit. ℟ FIDELIS · ET · AVDAX. Chien attaché à un arbre. Dessous, un monogramme. Argent.

(*Monnaies françaises*, pl. LXVIII, n° 1.)

Diam., 49 millim. B.

Charles le Téméraire.

75 — DVX · KAROLVS · BVRGVNDVS. Buste lauré, à droite. ℟ IE LAI EMPRINS. BIEN EN AVIENGNE. Entre deux briquets. Sur le briquet de gauche : AVREVM. Sur celui de droite : VELLVS. Bronze.

Diam., 38 millim. B.

Perrenot, cardinal de Granvelle.

76 — ANT · S · R · PBR · CARD · GRANVELANVS. Son buste, à gauche, la tête nue. ℟ DVRATE. Vaisseau sur une mer agitée poussé des vents contraires. Bronze.

Anonyme.

Diam., 42 millim. B.

Henri IV.

77 — HENRICVS · IIII · D · G. FRANCORVM · ET · NAVARÆ · REX. Buste à droite, cuirassé et lauré, avec une écharpe et le cordon du Saint-Esprit. Sur le bord du bras : G · DVPRE · 1606. Sans revers. Bronze.

Dupré. (*Méd. fr.*, 2e partie, pl. III, n° 1.)

Diam., 125 millim. B.

Henri IV.

78 — HENR · IIII · R · CHRIST · MARIA · AVGVSTA. Bustes accostés de Henri IV et de Marie de Médicis, de profil. G. DVPRE · F · 1603. ℟ PROPAGO · IMPERII. Henri IV, tenant une lance, et Marie de Médicis, en Pallas casquée et armée, se donnant la main au-dessus d'un enfant (Louis XIII), qui se coiffe d'un casque et qui a le pied droit sur un dauphin. Un aigle descendant du ciel apporte une couronne dans son bec. Exergue : 1603. Bronze doré.

Dupré. (*Méd. fr.*, 2e partie, pl. III, n° 4.)

Diam., 68 millim. TB.

Marie de Médicis.

79 — MARIA · AVG · GALL · ET NAVAR REGIN.

Buste à droite, avec collier et grande collerette ; dessous : G · DVPRE · F. ℞ Cybèle debout, de face ; autour d'elle, Jupiter, Amphitrite, Diane, Cérès et Hercule. A l'exergue, dans un cartouche : LÆTA · DEVM · PARTV. Bronze.

Dupré. (*Méd. fr.*, 2e partie, pl. V, n° 6.)

Diam., 34 millim. B.

Marie de Médicis.

80 — MARIA · AVGUSTA · GALLIAE · ET · NAVARRAE REGINA. Buste à droite, avec collier, croix et grande collerette. Dessous : G · DVPRE · F · 1624. Sans revers. Bronze.

Dupré. (*Méd. fr.*, t. II, pl. VII, n° 2.)

Diam., 104 millim. TB.

Louis XIII.

81 — LUDO · XIII · D · G · FR · ET · NA · REX · CHRISTIANISSIMVS. Buste à droite avec collerette et couronne. ℞ + FRANCIS · DATA · MVNERA · COELI · 17 · OCTOBRIS + 1610. Main tenant la sainte Ampoule, sortant des nuages. Étain.

Dupré. (*Méd. fr.*, 2e partie, pl. IV, n° 3.)

Diam., 44 millim. B.

Louis XIII.

82 — LVDOVIC · XIII · D G · FRANCOR · ET · NAVARÆ · REX. Buste à droite, avec collerette et armure. Dessous : G. DUPRÉ. ℟ VT · GENTES · TOLLAT · QVE · PREMAT · QUE. La Justice assise à droite. Exergue : 1623. Bronze.

Dupré. (*Méd. fr.*, 2e partie, pl. VI, n° 3.)

Diam., 61 millim. B.

Anne d'Autriche.

83 — ANNA · AVGVS · GALLIÆ · ET · NAVARÆ · REGINA. Buste à droite, avec peigne, collier, collerette, escarboucle au collet et rose à la manche gauche. Dessous : G · DVPRE · F · 1620. Sans revers. Bronze.

Dupré. (*Méd. fr.*, t. II, pl. VI, n° 4.)

Diam., 62 millim. B.

Charles de Valois, fils de Charles IX.

84 — CARO · VALESIVS · CAROLI · NONI · FILIVS. Buste à droite, avec collerette, cuirasse et écharpe ; dessous : 1622. ℟ RARA · CINERE · RARVS. Le phénix renaissant de ses cendres. Bronze.

Dupré. (*Méd. fr.*, 2e partie, pl. VIII, n° 3.)

Diam., 44 millim. B.

Christine de Lorraine.

85 — CHRISTIANIA · PRINC · LOTH · MAG · DVX · HETRVR. Buste à droite, âgé, avec un voile sur la tête. Sans revers. Étain.
Dupré. (*Méd. fr.*, t. II, pl. X, n° 2.)

Diam., 96 millim. B.

Cosme II (de Médicis).

86 — COSMVS · MAGN · DVX · ETRVRIAE · IIII. Buste à droite, avec collerette et armure. Dessous : G. D. Sans revers. Bronze.
Dupré. (*Méd. fr.*, 2e partie, pl. X, n° 3.)

Diam., 95 millim. B.

Marie-Madeleine,
Archiduchesse d'Autriche.

87 — MAR · MAGDALENAE · ARCH · AVSTR · MAG · D · ETR. Buste à gauche, avec collerette, collier, etc. Dessous : G. D. F. Sans revers. Bronze.
Dupré. (*Méd. fr.*, 2e partie, pl. X, n° 3.)

Diam., 90 millim. B.

Marc-Antoine Memmo,
Doge de Venise.

88 — MARCVS · ANTONIVS · MEMMO · DVX ·

VENETIARVM. Buste à droite, avec le bonnet. Dessous : G · DVPRE. F · 1612. Sans revers. Étain.

Dupré. (*Méd. fr.*, 2e partie, pl. XI, n° 3.)

Diam., 90 millim. B.

François (duc de Lesdiguières.)

89 — FRAN · A · BONA · D · DESDIGVIERES · ET·CONESTABILIS. Buste à droite, avec collerette, cuirasse et écharpe. Dessous, 1623. ℞ GRADIENDO · ROBORE · FLORET. Écusson au lion, entouré des colliers de Saint-Michel et du Saint-Esprit. Bronze.

Dupré. (*Méd. fr.*, 2e partie, pl. II, n° 4.)

Diam., 49 millim. B.

Ruzé, marquis d'Effiat.

90 — A · RVZE · M · DEFFIAT · ET · D · LONIVMEAV · SVRt · DES · FINANCES. Buste armé, avec collerette et collier du Saint-Esprit. ℞ QVIDQVID · EST · IVSSVM · LEVE · EST. Hercule prenant le monde des épaules d'Atlas ; en bas, les attributs d'Hercule. Exergue, en creux : 1629. Bronze.

Dupré. (*Méd. fr.*, 2e partie, pl. XIV, n° 2.)

Diam., 67 millim. TB.

François de Bassompierre.

91 — FR : A · BASSOMPIERRE · FRANC : POLEM : GLIS · HELV : PRÆF. Buste à droite, les cheveux frisés, avec moustache ; collerette, écharpe et cordon du Saint-Esprit. ℞ QVOD · NEQVEVNT · TOT · SIDERA · PRESTAT. Phare allumé ; 1633 à l'exergue. Bronze.

Dupré. (*Méd. fr.*, 2ᵉ partie, pl. XIV, nº 4.)

Diam., 55 millim. TB.

La Valette d'Espernon.

92 — I · L · A · LAVALETA · D·ESPERN · P · P · ET · TOT · GAL · PEDIT · PRÆF. Au-dessous des premières lettres de la légende : G · DVPRE · F · 1607. Buste à droite du duc en armure. ℞ INTACTVS · VTRINQVE. Lion dans un paysage ; d'un côté, la Ruse représentée par un renard ; de l'autre, l'Envie secouant des torches. Bronze.

Dupré. (*Méd. fr.*, 2ᵉ partie, pl. XV, nº 2.)

Diam., 55 millim. B.

H. de Maleyssic.

93 — H · DE · MALEYSSIC · PINEROLII · GVBERNATOR. Buste à droite, tête nue, armé, à

mi-corps, avec col rabattu et écharpe. Dessous : A·DVPRE·F·1639. Sur la tranche de l'épaule. ℞ FIDA·FORTITVDINE. La porte triomphale du château de Pignerol. La porte entr'ouverte laisse voir un chien; à l'exergue : vue du fort et de la ville de Pignerol. Bronze.

Dupré. (*Méd. fr.*, 2e partie, pl. XV, no 4.)

Diam., 105 millim. TB.

Pierre Jeannin.

94 — PETRVS · IEANNIN · REG · CHRIST · A· SECR·CONS·ET·SAC·ÆRA·PRÆF. Buste, tête nue, avec manteau. Dessous: G·DVPRE. Sans revers. Bronze.

Dupré. (*Méd. fr.*, 2e partie, pl. XVI, no 2.)

Diam., 190 millim. B.

Le Cardinal Barberini.

95 — MAPH·S·R·E·P·CAR·-BARBERIN·SIG· IVST · PRÆ · BONO · LEG. Buste avec la toque à droite. Dessous : G·DVPRE·F· 1612. Sans revers. Bronze.

Dupré. (*Méd. fr.*, 2e partie, pl. XIX, no 4.)

Diam., 91 millim. B.

Anne d'Autriche et Louis XIV.

96 — ANNA · D · G · FR · ET · NAV · REG · RE · MATER · LVD · XIV · D · G · FR · ET · NAV · REX · CHR. Anne d'Autriche, vue à mi-corps, tenant Louis XIV enfant dans ses bras. ℞ OB · GRATIAM · DIV · DESIDERATI · REGII · ET · SECVNDI · PARTVS. Vue de la façade du Val-de-Grâce. Exergue : QVINTO · CAL · SEPT · 1638. Bronze.

Warin. (*Méd. fr.*, t. II, pl. XXII, n° 2.)

Diam., 95 millim. TB.

Anne d'Autriche.

97 — ANNA · D · G. — FR · ET · NAV · REG. Buste, à droite, avec coiffe et grand col rabattu. Dessous : WARIN. ℞ ERRANTES · STABILITE · BEAT. Ancre posée sur un terrain accidenté. Dessous : 1643. Argent.

Warin. (*Méd. fr.*, t. II, pl. XXIII, n° 6.)

Diam., 55 millim. TB.

Gaspard de Monconys, seigneur de Liergues.

98 — GASP · MONCO · LIERGVE · LVGD · IVR · CRIM · PRAET. Buste, à droite, coiffé d'une calotte. Sous le buste : VARIN.

Warin. (*Méd. fr.*, t. II, pl. XXXI, n° 2.)

Diam., 105 millim. B.

PETITES PEINTURES

ET MINIATURES

---

99 — *Portrait d'un personnage*, par David Teniers. Pastiche dans la manière de Morone.

Représenté debout à mi-jambes, devant un pilier de pierre et de briques, le corps de trois quarts à droite, vêtu de noir, la tête découverte avec barbe et cheveux noirs; il regarde le spectateur et tient un feuillet plié de la main gauche. Derrière lui une table sur laquelle se trouve une feuille manuscrite et un livre.

Charmante peinture sur bois, d'une touche ferme, signée du monogramme du maître en haut à gauche.

Cadre en bois sculpté.

Haut., 165 millim.; larg., 110 millim.

100 — *Portrait d'un jeune seigneur*, par Gérard Dow.

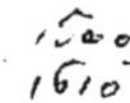

Vu à mi-corps, imberbe, ses longs cheveux blonds flottant sur le cou; il a un col rabattu en dentelle blanche, un pourpoint gris, un manteau noir; de sa main gauche, gantée de jaune, il maintient contre lui son feutre brun.

Précieux petit portrait, d'une extrême finesse, peint sur une plaque d'argent.

Cadre de bois noir, guilloché et décoré d'appliques de cuivre.

Miniature ovale.

Haut., 10 cent.; larg., 8 cent.

(*Collection Rothan, n° 240 du catalogue.*)

101 — *Portrait d'homme*, par Goya.

Personnage imberbe, les cheveux noirs séparés par une raie au milieu de la tête, vu presque de face, en buste, une main dans l'ouverture de l'habit, gris foncé, que dépasse une cravate blanche.

Cadre médaillon en argent encastré dans une planche de bois noir.

Miniature ovale sur cuivre.

Haut., 45 millim.; larg., 35 millim.

(*Collection Rothan, n° 256 du catalogue.*)

102 — *Portrait d'un gentilhomme*, attribué à Mignard.

Il porte une ample perruque châtain clair à longues tresses bouclées retombant sur un rabat de guipure. Son pourpoint noir, orné à l'épaule d'une bouffette de rubans rouges, s'ouvre sur un gilet brodé d'or et d'argent. La figure se détache sur un rideau drapé, laissant voir un coin du ciel. Buste de trois quarts, à droite.

Miniature à l'huile, très finement peinte.

Cadre du XVIIe siècle en bois sculpté et doré.

Cuivre ovale.

Haut., 13 cent.; larg., 10 cent.

(*Collection Rothan, n° 255 du catalogue.*)

103 — *Portrait de femme*, par Moreelse.

Dame hollandaise représentée en buste, de trois quarts vers la droite, dans un costume à la fois simple et plein de distinction. Ses cheveux blonds sont relevés sous une cornette en tulle, bordée d'un feston de guipure; deux collerettes superposées, assorties à la coiffe, tranchent sur un corsage de soie noire, à manches jaunes brodées de dessins foncés; elle a un collier de perles à double rang.

Ce petit portrait daté de 1626 est d'une sobriété d'allure et d'une délicatesse de pinceau tout à fait remarquables.

Cuivre forme ovale.

Haut., 10 cent.; larg., 8 cent.

(*Collection Rothan, n° 242 du catalogue.*)

104 — *Portrait d'un jeune seigneur*, par Henri Pot.

Blonds cheveux relevés, moustache et barbiche naissantes; le cou enserré dans une fraise godronnée et bordée de guipure. Pourpoint jaune. En buste, de trois quarts vers la droite.

Cadre en bois noir, à moulures guillochées et ornements gravés.

Cuivre forme ovale.

Haut., 8 cent.; larg., 7 cent.

(*Collection Rothan, n° 243 du catalogue.*)

105 — *Portrait d'une dame de qualité*, attribué à Porbus.

Tête vue de trois quarts, tournée à droite, cheveux châtains, relevés et roulés en manière de diadème. Colliers de perles, collerette de guipure. Robe de soie noire.

Cadre de cuivre ajouré.

Miniature ovale.

Haut., 65 millim.; larg., 47 millim.

(*Collection Rothan, n° 251 du catalogue.*)

106 — *Portrait d'homme*, attribué à Porbus.

Personnage brun, les cheveux drus, portant la barbiche et les moustaches en croc ; il est vêtu d'une riche armure à bandes d'ornements dorés, sur laquelle ressort le col blanc et bordé de dentelle de la chemise. Buste de trois quarts, à gauche.

Cadre en cuivre repercé, fixé sur une planche.

Miniature ovale.

Haut., 64 millim.; larg., 48 millim.

(*Collection Rothan, n° 252 du catalogue.*)

107 — *Portrait de femme*. École de Porbus.

Vue en buste, presque de face, vêtue d'un riche costume du XVIe siècle.

Cadre en argent repercé.

Miniature ovale.

Haut., 50 millim.; larg., 38 millim.

108 — *Portrait de jeune homme*, attribué à A. Moro.

Le visage sévère, avec toute la barbe noire ainsi que la chevelure, se détache sur une collerette tuyautée et un pourpoint noir. En buste, de trois quarts à gauche.

Fine peinture de forme ronde dans un cadre ancien en bois doré.

Diam., 85 millim.

109 — *Portrait de jeune homme*. École hollandaise.

En buste, presque de face, le visage imberbe avec chevelure blonde; pourpoint à crevés en soie à rayures, avec collerette rabattue bordée de guipure.

Petite peinture sur cuivre d'une franche exécution. Forme ovale.

Haut., 63 millim.; larg., 50 millim.

110 — *Portrait d'homme*, attribué à G. Netscher.

Le visage légèrement à droite, presque de face, est encadré par une grande perruque de cheveux blonds bouclés. En buste, manteau violet brodé d'or à revers jaune, cravate rouge et jabot de dentelle.

Haut., 70 millim.; larg., 60 millim.

111 — *Portrait d'une dame de qualité.* École hollandaise.

En buste, de trois quarts à droite, corsage décolleté orné d'un bijou pendentif avec brillants, ortant un collier et un peigne en perles.

Petite peinture sur cuivre de forme ovale dans un cadre ancien en bois sculpté et doré.

Haut., 70 millim.; larg., 53 millim.

112 — *Portrait d'une petite fille.* École hollandaise.

En buste, presque de face, le visage souriant et fin, robe verte, avec tablier, collerette et coiffe de guipure ; un collier de corail passé autour du cou retient un bijou émaillé orné de perles.

Petite peinture sur argent dans un cadre en bois noir rehaussé d'ornements d'or.

Forme ovale.

Haut., 58 millim.; larg., 44 millim.

113 — *Portrait d'homme.* Fin xvie siècle.

En buste, pourpoint verdâtre rayé de blanc avec collerette encadrant le visage à barbe et chevelure noires.

Petite peinture sur bois de forme ovale.

Haut., 100 millim.; larg., 75 millim.

114 — *Portrait de jeune dame.* Époque Louis XIII.

En buste, tournée vers la gauche, en corsage rose rayé de noir avec large bordure de guipure, le visage encadré par une chevelure noire bouclée retombant sur les épaules. Le cou entouré d'un collier de perles.

Petite peinture sur cuivre de forme ovale.

Haut., 77 millim,; larg., 60 millim.

115 — *Portrait d'Isabelle de Lorraine, reine d'Espagne.*

En buste, corsage vert et noir brodé d'or, avec collerette à fraise, le visage encadré d'une coiffure noire à crépons ornée d'une plume blanche.

Petite peinture de forme ronde dans un cadre en bois sculpté et doré à perles et feuilles.

Diam., 85 millim.

116 — *Portrait de Napoléon Ier ;* miniature sur ivoire, par Muneret. (Signée.)

En buste, en uniforme des dragons, le grand cordon de la Légion d'honneur en sautoir.

Cadre Empire en bronze ciselé et doré.

Ovale.

Haut., 57 millim,; larg., 40 millim.

117 — *Portrait de dame.* XVIIe siècle.

En buste, presque de face, en corsage brun rouge, large collerette de tulle, triple collier, boucles d'oreilles de perles,

Ovale.

Haut., 85 millim.; larg., 64 millim.

118 — *Portrait d'homme.* École italienne. Fin XVIe siècle.

Tourné vers la droite de trois quarts, coiffure blonde en désordre, portant toute la barbe rousse, il est vêtu de noir.

Petite peinture de forme ronde, sur marbre.

Diam., 113 millim.

119 — *Portrait d'homme.* Époque Louis XIII.

En buste, revêtu de l'armure sur laquelle retombe une collerette de guipure et est passée une écharpe blanche.

Le visage avec fines moustaches encadré par une chevelure brune.

Petite peinture ovale sur métal dans un cadre de bronze doré.

Haut., 47 millim.; diam., 40 millim.

120 — *Portrait de Louis XIV*, attribué à PETITOT.

En buste, vers la gauche, revêtu de l'armure, le regard de face, coiffé de la grande perruque.

Émail sur cuivre de forme ovale.

Haut., 35 millim.; larg., 29 millim.

121 — *Portrait de dame*. École italienne. XVIe siècle.

La tête tournée vers la gauche, avec chevelure blonde frisée, en partie recouverte par une sorte de mantille blanche retombant derrière le cou.

Corsage noir à collet montant entouré d'un collier d'or.

Petite peinture rectangulaire sur métal.

Haut., 54 millim.; larg., 40 millim.

122 — *Portrait de jeune homme*. XVIe siècle.

Le visage imberbe, tourné vers la droite, cheveux ras, pourpoint noir à boutons d'or avec collerette à fraise.

Petite peinture rectangulaire, sur métal.

Haut., 55 millim.; larg., 40 millim.

123-124 — *Deux portraits*. XVIe siècle.

Dame en buste, tête à gauche, coiffure à la Médicis.

Jeune garçon, tête nue, tournée à gauche, en pourpoint brodé d'or.

Haut., 57 millim.; larg., 40 millim.

125 — *Portrait de jeune dame*. XVIe siècle.

De face, le visage coloré, entouré d'une large collerette, coiffure ornée de perles, corsage noir à boutons et chaînes d'or.

Fine peinture sur cuivre.

Haut., 70 millim.; larg., 50 millim.

126 — *Portrait de jeune dame.* XVIe siècle.

En buste, en corsage bleu, le visage tourné vers la gauche, avec chevelure blonde relevée.

Peinture sur argent, forme ovale.

Haut., 73 millim.; larg., 57 millim.

127 — *Portrait de dame.* École italienne. XVe siècle.

En buste, regardant de face, manteau à haut col blanc brodé d'or.

Petite peinture.

Haut., 58 millim.; larg., 38 millim.

128-129 — *Deux portraits.* XVIIe siècle.

Dame en buste, corsage noir décolleté, chevelure blonde bouclée, collier de perles, tournée vers la gauche.

Haut., 80 millim.; larg., 30 millim.

Homme en buste, tête à droite, avec moustaches, barbiche et chevelure blondes, pourpoint noir avec col rabattu.

Haut., 53 millim.; larg., 43 millim.

130 — *Portrait de jeune dame.* XVIIe siècle

Corsage noir bordé de guipure, collier de perles, tournée vers la gauche.

Petite peinture forme ovale.

Haut., 46 millim.; larg., 38 millim.

131 — *Portrait d'homme,* attribué à Netscher.

Le visage imberbe encadré d'une longue chevelure blonde, tourné vers la droite ; cravate rouge et jabot de guipure.

Petite peinture sur cuivre. Cadre rocaille en bronze doré.

Haut., 57 millim.; larg., 47 millim.

132 — *Petit portrait d'homme.* XVIIe siècle.

Le visage avec fine moustache, de trois quarts à droite, longue chevelure brune, et large cravate de guipure.

Haut., 47 millim.; larg., 38 millim.

133 — *Petit portrait d'homme.* XVIe siècle.

De face, cheveux ras, barbe en pointe. Cuivre ovale.

Haut., 43 millim.; larg., 33 millim.

134 — *Très petit portrait d'homme du temps de Louis XIV.*

Peint sur argent, coiffé de la longue perruque, costume noir avec large rabat et manches blanches. Ovale.

Haut., 34 millim.; larg., 28 millim.

135 — *Portrait d'homme.* XVIIe siècle.

Presque de face, barbiche, moustaches et chevelure blondes, pourpoint noir sur lequel un médaillon retenu par un ruban bleu.
Ovale.

Haut., 77 millim.; larg., 60 millim.

136 — *Portrait d'homme.* XVIe siècle.

Tourné vers la droite, cheveux ras et barbe en collier. Au revers, des armoiries.
Forme ronde.

Diam., 10 cent.

137 — *Deux portraits d'hommes.* XVIIe siècle.

138 — *Portrait d'un personnage persan.*

En robe verdâtre à ornements d'or.
Forme ovale.

139 — *Portrait de jeune femme.* XVIIIe siècle. Fixé de forme ronde.

Vue en buste.

140 — *Portrait d'homme.* Époque de Charles X. Fixé de forme ronde.

141 — *Portrait de jeune femme.* Commencement du XIXe siècle. Miniature ovale sur ivoire.

Coiffée d'un large chapeau.

142 — *Portrait de femme.* Époque Louis XVI. Miniature ovale sur ivoire.

De trois quarts, les cheveux poudrés.

143 — *Portrait d'homme.* Fin du XVIIIe siècle. Miniature ovale sur ivoire.

Presque de profil, le cou découvert.

144 — *Portrait de jeune femme.*

Presque de face, vue en buste, vêtue d'un corsage noir avec col de dentelle. Signée : *Lizinka de Mirbel*. 1833.

Miniature ovale sur ivoire. Cadre en cuivre.

Haut., 100 millim.; larg., 76 millim.

145 — **Boîte** ronde en or de couleurs ciselé à guirlandes de feuillages et pilastres et émaillé bleu sur fond guilloché, rehaussé de points et d'étoiles réservées en or. Époque Louis XVI.

146 — **Boîte** ronde Louis XVI en vernis Martin doublée d'écaille avec incrustations de burgau ; sur le couvercle, miniature ovale représentant des jeux d'amours ; encadrement et bordures en or gravé.

147 — **Boîte** ronde en écaille : sur le couvercle, tête de personnage antique en ivoire sculpté.

148 — **Boîte** ronde en poudre d'écaille rouge couverte d'incrustations de petits disques d'or et argent; monture en or. Sur le couvercle, miniature : pastorale. Fin du XVIIIe siècle.

149 — **Petite boîte** ronde en écaille noire ; sur le couvercle, miniature grisaille. Fin du XVIIIe siècle.

TABLEAUX ET DESSINS

DYCK

(ANTOINE VAN)

150 — *Portrait d'homme.*

En buste, de trois quarts à gauche, vêtu de noir, la tête découverte, avec cheveux, moustaches et barbiche grisonnants.

Ce beau portrait pourrait avoir été peint par Van Dyck, en Italie.

Toile. Haut., 63 cent.; larg., 43 cent.

RUBENS

(Attribué à)

151 — *Portrait de femme.*

En buste, presque de face; chevelure blonde ornée d'un œillet; le visage se dégage d'une collerette-fraise de tulle; vêtue d'un corsage noir à boutons d'or, la main droite ramenée sur le corps.

Toile. Haut., 72 cent ; larg., 57 cent.

ÉCOLE HOLLANDAISE

152 — *Portrait de femme.*

En buste, de face ; le visage encadré par un voile noir.

Forme ovale.

Toile. Haut., 72 cent.; larg., 56 cent.

BINK

(JACQUES)

153 — *Portrait de Christian II, roi de Danemark.*

Représenté de face, les deux mains appuyées sur une balustrade, coiffé d'une toque, vêtu d'un manteau de fourrure, l'ordre de la Toison d'or suspendu à un ruban sur la poitrine. Ce beau portrait se détache dans un arceau d'une riche architecture, orné de blasons soutenus par des figures d'enfants.

Magnifique dessin à la plume.

Haut., 27 cent.; larg., 21 cent.

LUCAS DE LEYDE

154 — *Portrait de l'empereur Maximilien.*

Représenté en buste, de trois-quarts à droite, coiffé d'une toque relevée, la main droite posée sur une balustrade ornée des insignes de l'empire, il tient dans l'autre main un parchemin roulé.

Vêtu d'un manteau sur lequel est posé le collier de la Toison d'or.

Au fond, un motif d'architecture.

Très beau dessin à la plume d'un grand caractère.

Haut., 25 cent.; larg., 18 cent.

ÉCOLE MODERNE

155 — *Deux copies d'après les fresques de Pompei, représentant chacune un cavalier grec.*

Toile. Haut., 92 cent.; larg., 89 cent.

SCULPTURES

156 — **Terre émaillée de Luca della Robbia.** Haut-relief cintré. La Vierge à mi-corps présente l'Enfant Jésus nu, debout à sa gauche, tenant une colombe et bénissant.

Ce joli groupe émaillé blanc se détache sur un fond émaillé bleu.

Haut., 55 cent.; larg., 40 cent

157 — **Terre émaillée de l'école des Robbia.** Haut-relief. La Vierge à mi-corps tient à sa droite l'Enfant Jésus nu, debout sur un coussin, le bras droit accoudé sur la main de sa mère.

Ces deux figures émaillées en blanc se détachent sur fond bleu dans une guirlande de feuillages et de fruits en vert et jaune.

Diam., 75 cent.

158 — **Marbre blanc.** Bas-relief : buste de Dante vu de profil à gauche.

159 — **Pierre de Kelheim.** Bas-relief rectangu-

laire, d'une grande finesse d'exécution, portant, en haut à droite sur un cartel, le monogramme d'Aldegraver.

Deux jeunes seigneurs représentés en pied, les têtes de profil à gauche, le premier revêtu d'un manteau masque en partie le second, tous deux tiennent à la main une sorte de lance.

Cadre guilloché en bois d'ébène.

Haut., 132 millim.; larg., 90 millim.

160 — **Bas-relief en cire colorée.** Portrait d'une jeune dame, de profil à gauche; corsage noir rehaussé de perles fines, de rubis et de torsades d'or.

Coiffure relevée, également ornée de perles fines. Italie. XVIe siècle.

Médaillon rond dans un cadre octogone à moulures en bois incrusté de filets d'ivoire.

Diam., 78 millim.

161 — **Bas-relief en cire colorée.** Buste d'un personnage de forte corpulence, de profil à droite, la tête découverte, cheveux et barbe blancs, vêtu d'un pourpoint à crevés et d'un manteau vert, collerette de guipure,

chaîne d'or retenant un bijou orné d'un rubis. Italie. XVIe siècle.

Médaillon rond dans un cadre octogone à moulures en bois incrusté de filets d'ivoire.

Diam., 85 millim.

162 — **Ivoire**. Huit petits médaillons en ivoire sculpté : petits bustes, trophées et instruments. Sur un fond de velours rouge.

ARMES

163 — **Épée** du XVIe siècle à garde, contre-garde et quillons de forme recourbée en fer ciselé, offrant ainsi que le pommeau des chaînons composés de rosaces et rehaussés d'incrustations d'argent. Les mêmes ornements se trouvent reproduits sur le talon de la lame.

164 — **Demi-armure** persane en damas gravé, à inscriptions dans des réserves d'ornements et enrichi d'arabesques d'or.

Elle est composée d'un casque terminé par

une pointe quadrangulaire, muni d'un nasal avec parties ajourées et d'une maille, d'un brassard de même travail et d'une belle rondache avec large bande circulaire gravée.

165 — **Petite rondache** indienne en acier, couverte de très fines incrustations d'or.

166 — **Beau kriss** malais à poignée recourbée, en or filigrané, serti de pierres taillées en roses; la lame flamboyante en damas ronceux est incrustée d'or à la partie supérieure. Le fourreau en or guilloché est orné de petites rosaces en émail vert.

167 — **Kriss** malais à poignée droite en or filigrané et serti de pierres fines taillées en roses; la lame en damas ronceux est incrustée d'or sur le talon. Le fourreau en or repoussé offre une bande de feuillages et d'épis.

168 — **Kathar** indien à longue lame et poignée brassard en damas richement incrustée d'ornements d'or.

169 — **Sabre** circassien à lame courbe, avec poignée et ornements du fourreau en argent niellé.

170 — **Sabre** turc à lame courbe en damas incrusté d'or, poignée en ivoire à quillons droits terminés par des ananas, en argent gravé et doré. Le fourreau en chagrin est enrichi d'une monture en argent gravé à fleurs et doré.

171 — **Yatagan** à lame de damas incrustée d'or à arabesques et inscriptions, avec poignée en morse. Le fourreau en velours vert garni en argent repoussé et doré, à fleurs et feuillages.

172 — **Poignard** persan à lame courbe en damas et manche en morse.

173 — **Poignard** persan à lame courbe et évidée en damas, ornée vers le talon de deux motifs gravés : sujets de chasse au cerf ; poignée en fer gravé et doré.

174 — **Yatagan** à lame de damas incrustée d'or et manche en morse. Fourreau en chagrin.

175 — **Deux fourreaux** de sabres persans, l'un en cuir gaufré, l'autre en chagrin, avec montures d'acier incrusté d'or.

176 — **Paire de pistolets** turcs à monture en filigrane d'argent, sertie de quelques coraux, avec batteries et canons incrustés d'ornements d'argent.

177 — **Fusil** à silex, dont la monture en bois est incrustée de cuivre et d'ivoire, avec batterie à pierre et canon en fer enrichis d'ornements damasquinés d'or.

178 — **Trousse** de chasseur écossais, avec garniture en argent, comprenant un couteau de chasse, un petit couteau et une fourchette dans le même fourreau, une poire à poudre et une escarcelle.

179 — **Claymore** écossaise, avec poignée à garde en fer repercé à jour.

180 — **Deux boucliers** en cuir verni, offrant au centre un médaillon peint en camaïeu vert et or. Sujets à personnages en costumes romains.

181 — **Selle** japonaise en deux parties, en bois laqué aventuriné.

BRONZES ET CUIVRES

182 — **Statuette** en bronze italien du XVIe siècle ; figure allégorique de la Science, sur un socle octogonal en bois noir orné de quatre plaques d'émail décorées en grisaille.

Hauteur totale, 62 cent.

183 — **Petit buste d'homme** (Jupiter), en bronze italien du XVIe siècle. Socle en porphyre et marbre rouge.

Hauteur totale, 45 cent.

184 — **Plat** rond à ombilic en cuivre jaune, entièrement couvert d'ornements arabesques gravés et rehaussés de parties incrustées en argent. Travail vénitien du XVIe siècle.

Diam., 47 cent.

CÉRAMIQUE

185 — **Grand plat** rond en ancienne porcelaine du Japon, à décor bleu, rouge et or: vase de fleurs au centre et chrysanthèmes sur le marli.

186 — **Grand plat** en ancienne porcelaine du Japon, décoré en couleurs, de vases et ustensiles.

187 — **Grand plat** en ancienne porcelaine du Japon, décor en bleu, rouge et or à fleurs, et deux médaillons quadrilobés.

188 — **Grand plat** en ancienne porcelaine du Japon, décoré en couleurs: au centre, un aigle; au bord, deux demi-rosaces et deux réserves.

189 — **Plat** en vieux Japon, décor de chrysanthèmes au centre.

190 — **Cinq pièces**: trois couteaux et deux fourchettes à manches en ancienne porcelaine

de Saxe, à décor de fleurettes avec motifs rocaille sur fond vert à l'extrémité.

191 — **Douze couteaux** à manches en ancienne porcelaine d'Allemagne, à décor de fleurettes et motifs rocaille émaillés carmin.

192 — **Six couteaux** à manches d'ancienne porcelaine de Saxe, à décor de bouquets de fleurs et fruits.

193 — **Douze couteaux** à manches d'ancienne porcelaine de Saint-Cloud, à décor en camaïeu bleu de dentelles, pendentifs et lambrequins.

194 — **Six couteaux** à manches d'ancienne porcelaine de Saint-Cloud, à décor en camaïeu bleu de rinceaux déliés formant dentelle à chaque extrémité du manche.

195 — **Treize couteaux** dépareillés dont dix à manches d'ancienne porcelaine de Saint-Cloud, à décor de lambrequins et dentelles en camaïeu bleu, l'un d'eux plus petit à motifs rocaille, et trois en ancienne faïence de Moustiers à jetés de fleurettes.

196 — **Onze manches de couteaux** en ancienne porcelaine blanche, à décor de cannelures dorées. Époque Louis XVI.

197 — **Sept manches de couteaux** en ancienne porcelaine de Saint-Cloud, à décor en camaïeu bleu de pendentifs.

198 — **Neuf manches de couteaux** dépareillés dont sept en ancienne porcelaine de Saint-Cloud, décorés en camaïeu bleu, et deux en ancienne porcelaine blanche gaufrée à l'imitation de la vannerie.

199 — **Dix couteaux** à manches d'ancienne porcelaine de Mennecy, à décor de bouquets et jetés de fleurettes.

200 — **Cinq couteaux** à manches d'ancienne porcelaine de Mennecy, à décor de jetés de fleurettes et motifs rocaille émaillés carmin à l'extrémité.

201 — **Onze couteaux** à manches d'ancienne porcelaine de Chantilly, à décor de paysages chinois animés.

202 — **Onze couteaux** à manches prismatiques en ancienne porcelaine de Chantilly à décor de paysages chinois animés.

203 — **Dix-neuf couteaux** à manches de forme aplatie en ancienne porcelaine de Chantilly, à décor de personnages chinois et pendentifs de fleurs.

204 — **Cafetière** couverte en ancienne porcelaine dure, du temps de Louis XVI : médaillons d'oiseaux et guirlandes dorées.

205 — **Quatre gourdes côtelées** dont deux à double renflement en ancienne faïence de Delft, à décor bleu de lambrequins ; deux d'entre elles sur socle en étain.

MEUBLES

206 — **Encoignure Louis XV** en marqueterie de bois de violette, de forme contournée, ouvrant à deux portes, ornée de chutes et de motifs en bronze doré. Dessus de marbre.

207 — **Deux consoles d'applique** à un seul pied volute orné de guirlandes de laurier, ceinture à rosace ; dessus de marbre. Bois sculpté. Époque Louis XVI.

RED. :

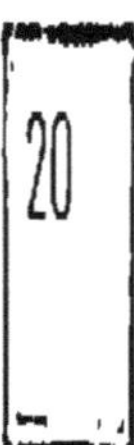
20

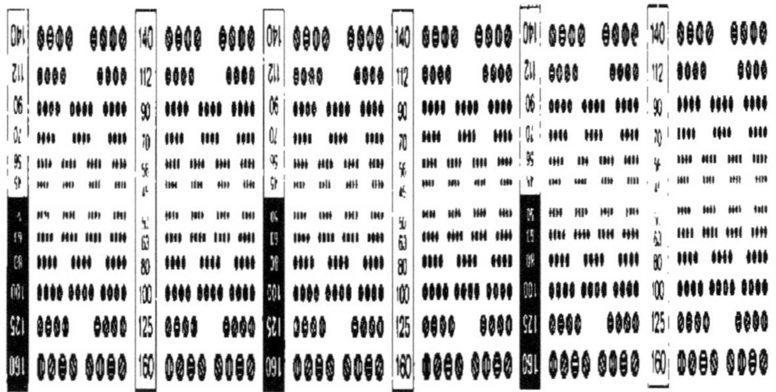

0 1 2 3 4 5 6 7 8 9 10

www.ingramcontent.com/pod-product-compliance
Ingram Content Group UK Ltd.
Pitfield, Milton Keynes, MK11 3LW, UK
UKHW020948180726
13838UKWH00003B/1197